AF597140

# Puzzle

**Christophe Timmermans**

# Puzzle

*Roman*

ISBN : 979-10-377-5101-0

*À Tom et Julien, mes deux nains pour toujours*
*À mes belles, pour tout leur amour…*

## Ce soir, c'est Chili !

Les jours où la bande débarque à la maison, il règne chez moi comme un petit air de fête. Dès le réveil, je sens que ce n'est pas tout à fait comme d'habitude et même si y a plein de trucs à assurer, je sais que ce sera une chouette journée.

Les potes viennent manger ce soir !

Je m'accorde quand même une petite heure à trainer au pieu pour bien planifier la journée et savoure un petit jus d'orange en musique avant de m'attaquer aux choses sérieuses. « I'd rather be a girl in your arms » par Joe Venuti et Eddie Lang, rien de tel pour donner aux heures qui vont suivre un air guilleret et suranné !

Un coup d'œil au frigo… poivrons, oignons, coulis de tomate, haricots rouges, viande, salade, clémentines, Coronna. Tout est là. Les courses, faites la veille, permettent d'être cool et de ne pas avoir à se speeder dans les magasins bondés du samedi… Peut-être juste un petit crochet à la boulangerie tout à l'heure pour prendre du pain.

Dans un coin, quelques bouteilles de pinard attendent patiemment d'assurer le ravitaillement. Ce soir, grand-soif il fera !

Début d'après-midi… Déjà.

Mais y a pas le feu et je m'attaque tranquillement aux préparatifs de base. Cuisson des haricots dans un premier temps, tandis que dans mes deux poêles rissoleront et doreront viandes et oignons.

Petite pause avant d'attaquer la suite, car le CD vient de s'arrêter.

Le choix s'impose de lui-même, AC/DC, bien sûr, et pendant qu'Angus fait hurler sa Gibson SG, on passe à la préparation de la sauce tomate et au découpage des poivrons. C'est l'heure de pointe à la cuisine… Ça cuit, ça découpe, ça goûte, ça danse en écoutant chanter Bon Scott, puis le calme fait place à la tempête et les rockeurs australo-écossais laissent la place à Getz et Gilberto… tous les ingrédients réunis mijotent tranquillement au son du saxo de Stan et à la douce voix de Joao.

C'est alors l'heure de la douche, pas encore prise parce qu'aujourd'hui c'est pas la course et que finalement rien ne presse.

Une longue douche bien chaude, un petit coup de tondeuse si nécessaire et un petit détour vers la marmite où chauffe le plat du soir pour vérifier que tout se passe bien… Ça commence à sentir bon et je me prends à goûter puis regoûter en buvant déjà mon premier petit verre de vin…

Sept heures, va falloir penser à m'habiller maintenant si j'veux pas accueillir les amis en peignoir.

Direction la chambre pour choisir sa tenue pour la soirée.

Un jean'… Toujours… Et une chemise que j'aime particulièrement parce que ce soir, c'est un de ces grands soirs où ne seront présents que des gens que j'aime et que j'ai envie de me faire beau !

Enfin… autant que possible.

Mais l'heure approche ! Django attaque son Minor swing pendant que je sors les assiettes africaines, les serviettes en papier, les noix de cajou, le sel, les citrons verts, le sucre de canne et les bouteilles… Rhum, Tequila, Gin et Martini bianco.

On frappe à la porte. Que la fête commence !

Ce soir, c'est Chili à la maison…

## Le jardin de mon père

Mon père avait un jardin. Des jardins en fait, puisqu'il a possédé plusieurs maisons. De grandes maisons, de belles maisons et du coup de grands et de beaux jardins. Dans ces beaux jardins y avait toujours un potager, des arbres fruitiers, un poulailler, des fleurs, du gazon, bref plein de trucs sympas, mais plein de trucs qui donnent aussi pas mal de boulot et lorsque j'allais chez lui un week-end sur deux, je le voyais jardiner, bêcher, semer, désherber, cueillir, ramasser et souvent se casser le dos en pestant contre ces foutues mauvaises herbes, ces connes de poules, ces arbres flemmards où rien ne poussait comme ça devait pousser ou plus exactement comme il aurait voulu que ça pousse. D'un autre côté, il n'était pas obligé de se cogner toutes ces tâches à la con et son boulot de navigant sur 747 lui permettait, s'il le souhaitait, de pas se faire chier avec tout ça, mais je pense qu'au fond de lui-même ça lui plaisait.

Se retrouver un peu tout seul, trifouiller la terre, chouchouter un rosier ou une salade, causer un peu avec son chien, arroser fleurs et pelouses, sentir l'odeur de l'herbe mouillée et la fraîcheur monter du sol…

Je pense qu'il aimait ça parce que moi aussi, ça me fait pareil. Et comme ça me fait pareil, inévitablement, ça me fait penser à lui. Je n'avais encore jamais fait le rapprochement et jamais nous n'en avons parlé lorsque je tentais tant bien que mal de lui donner un coup de main au jardin. D'abord parce qu'on parlait assez peu, enfin, lui surtout parlait assez peu. Bien trop peu à mon goût en tout cas, mais c'est vrai que moi, j'aime particulièrement papoter, échanger, questionner et parfois réfléchir à des trucs qui ne méritent sans doute pas qu'on se prenne la tête avec ça, mais bon, c'est comme ça et c'est pas maintenant que ça va changer. Faut reconnaître aussi que je n'étais pas particulièrement fan du jardinage ou du désherbage et me cogner l'arrosoir de 10 litres qui pèse une tonne, le vider sur trois pauvres pieds de fraises et se retaper le voyage quinze fois… Bof. Mais moi, j'avais moins le choix que mon paternel et même si je n'étais pas totalement contraint et forcé de participer, il m'eut été difficile de lui dire ce que j'en pensais vraiment, à savoir, le jardinage ça me gave, et je préfèrerais mater un film à la télé ou jouer à Davy Crockett avec les chiens.

Aujourd'hui, je réalise que c'était pour moi, l'air de rien, un moyen d'être un peu tranquille avec lui et de passer un peu de temps en toute intimité, presque comme deux potes qui parlent juste un peu de tout et de rien. Il ne s'en est sans doute jamais rendu compte, mais je l'observais souvent du coin de l'œil, je regardais ses mains dans la terre en me demandant si j'aurais les mêmes en vieillissant et si j'aurais moi aussi ces petits cheveux blancs et frisés dans le cou. Je rigolais sous cape quand il pestait contre la chienne qu'avait encore bouffé ses bottes en caoutchouc, s'insurgeait contre la météo écoutée religieusement à la télé et pourrir tous ces branleurs qui racontaient n'importe quoi sur le temps. Parfois, c'est contre moi qu'il râlait gentiment en me traitant de « fils d'imbécile ».

C'était comme s'il était de mauvaise humeur, mais en fait, c'était plus pour déconner, je crois.

J'ai toujours aimé son humour bougon et j'étais, j'en suis sûr, son meilleur public. Ça fait vingt ans, ou un peu plus, qu'on ne s'est pas parlé. On se n'est même pas vraiment fâché non plus et je ne saurais dire pourquoi et comment on en est arrivé là. C'est comme ça, et il ne saura sûrement jamais combien je l'ai admiré et combien j'aurais aimé qu'il m'aime un peu plus.

Ou un peu mieux.

Il doit estimer que je n'ai pas fait le nécessaire en tant que fils et moi qu'il n'a pas fait le minimum en tant que père.

Je pense assez rarement à lui.

Sauf quand je jardine un peu en amateur.

Me reviennent alors les images d'un temps d'avant et je fais parfois les gestes qu'il faisait, maugréant moi aussi parfois contre une plante à la con, une racine de bambou qui résiste encore et toujours, mais au fond, je suis content de ces petits moments en contact avec ce qui nous entoure.

J'aime bien, comme lui, l'odeur de la pelouse arrosée et fraîche et si, par hasard, mon jean's tombe un peu sur mes sabots en caoutchouc et que je le remonte en faisant un petit revers pour pas le mouiller, c'est lui que je mime finalement et c'est lui que je vois, torse nu et pantalon remonté sur les chevilles…

Aujourd'hui, moi aussi j'ai un jardin. Comme lui. Et aujourd'hui, c'est mon fils qui est à côté de moi et refera peut-être certains gestes, râlera de la même façon amusée que son père et son grand-père qu'il ne connaîtra jamais, mais dont il se souviendra à travers toutes ces petites choses sans importance de notre histoire commune.

Mon père, lui, ne sait rien de tout ça, et de tout ce qu'il a planté en moi lors de ces petits moments passés dans son jardin. Rien de ces heures sans doute insignifiantes et oubliées pour lui, mais tellement présentes au fond de mon âme.

## Tom

Tom, mon p'tit homme… Juste un petit bout de petit mec qui pousse, qui pousse et qui prend de plus en plus de place dans la maison, dans mon cœur, dans mes tripes, dans ma vie entière. Un putain de concentré d'amour pur que rien ne semble pouvoir égaler. Ton regard plus profond que le plus profond, tes bouclettes dorées qui partent dans tous les sens, ton odeur de tout petit qui donne envie au papa ogre de te croquer tout entier, la douceur de ta peau plus soyeuse que toutes les étoffes les plus précieuses et ta bouille de petit ange farceur.

J'ai beau te regarder, te voir tous les jours, passer des milliards de secondes à t'observer, je suis toujours abasourdi de réaliser que tu es ce morceau de nous qui gambade dans la maison, qui réfléchit, pose deux cents questions à la minute, rigole, danse, fait des blagues et invente des mots que lui seul peut comprendre. Mais tu as l'air si sérieux et tellement convaincu que… peut-être que ça existe après tout ce mot-là dans ton monde ?

Je n'imagine plus ma vie sans toi et lorsque je regarde par-dessus mon épaule, tu es celui qui se tient le plus près de moi, celui qui marche dans mes pas d'une démarche rassurée et confiante. J'enfouis, comme si souvent, ta petite main dans la mienne et la route ne me parait ni triste, ni dure, ni dangereuse puisque nous sommes tous les deux. Sur le chemin qui se profile vers l'horizon, c'est toi que je vois m'indiquer la voie à suivre et me guider vers un avenir radieux puisque je sais que tu m'accompagneras toujours.

Un bisou, un câlin de toi, et tout s'éclaire autour de moi.

## Mais… Tom

Tom, mon p'tit homme… Juste un petit bout de petit mec qui pousse, pousse dans la maison, dans mon cœur, dans mes tripes et dans ma vie entière. Un putain de concentré d'amour pur que rien ne semble pouvoir égaler… Et qui a gommé en partie ma soif d'indépendance, mon désir de liberté, mes grasses matinées, mes loisirs, ma vie sexuelle débridée, une grande partie de ma vie de couple et de notre petit rythme peinard d'amants libres.

Un fils ? Quel cadeau, certes, mais quel fardeau !

Quel poids sur mes plus très jeunes épaules, quelle source de stress, de soucis, de prises de bec, de remise en question ! J'étais pas si mal que ça finalement avec mes quarante-cinq balais, mon histoire d'amour avec ma belle, mes projets de week-end en amoureux ou avec mes potes ou bien simplement en solo à la maison, les burnes posées sur le canapé et ma guitare sur les genoux, les soirs où nous ne folâtrions pas avec l'élue de mon cœur.

Tom, Tommy… Tu m'apportes tellement. Tu me prends tellement…

Que de nouvelles inquiétudes tu as fait naître en moi, de raisons d'avoir peur, d'angoisses jusque-là inconnues, de questions existentielles sur notre avenir ! Que de colères contenues pendant que les tiennes explosaient, de justifications interminables pour chaque décision si minime fut-elle, de temps consacré à illuminer ton adorable petite frimousse quand tu es triste, de contraintes quotidiennes et d'heures passées à ne penser qu'à toi avant tout et d'oublier qui je suis au fond de moi.

Pourtant… un bisou, un câlin de toi, et tout s'éclaire autour de moi.

## Dream

Dans une chambre inconnue, avec ma belle. Ambiance un peu tendue apparemment. C'est le matin et nous sommes en train de faire notre lit lorsque débarque son père en marmonnant je ne sais quoi… On lui dit qu'on le trouve un peu râleur aujourd'hui et il répond que c'est à cause d'un document administratif qui lui cause un souci, mais rien de grave au fond… Je me décide à sortir de la chambre et me retrouve devant une immense fenêtre qui donne sur un parc, genre savane africaine. Je vais faire un tour dehors et aperçois furtivement deux lynx qui se promènent dans le parc.

En faisant le tour de la propriété, je me rends compte que la maison est en fait un vrai palace et que les murs ne sont faits que de baies vitrées cernant un gigantesque jardin de brousse. Je plains intérieurement ceux qui se tapent les carreaux parce qu'ils doivent vraiment avoir un boulot de dingue. Soudain, au détour d'un chemin d'épineux, j'aperçois, me guettant à une centaine de mètres, trois énormes guépards !

Coup de flip, je me colle contre un muret en terre en priant qu'ils ne me voient pas, même si je suis un peu rassuré quand je distingue quelques antilopes broutant à côté d'eux… Je me dis qu'avec un peu de chance ils vont les bouffer, elles, ou qu'ils sont peut-être déjà rassasiés.

Hélas, ils ignorent les bêtes à cornes et s'approchent de moi. Je me fais le plus petit possible et, alors que les deux premiers passent sans me voir, le troisième s'arrête et me fixe !

Paniqué, je regarde par-dessus le mur… Un genre d'éléphant avec une carapace en fer se balade un peu plus bas et je me dis que si j'arrive à passer par-dessus le mur, les guépards auront sûrement peur de ce monstre. J'arrive enfin, après une succession stressante d'échecs, à passer par-dessus la muraille de pierre et je me mets à cavaler comme un dératé en dévalant la colline… Les guépards ne me suivent pas tout de suite, mais arrivé en bas, je les vois sauter allégrement le mur et je me dis qu'il faut que je me magne de trouver une cachette.

Comme j'arrive près d'un petit port, je pense tout d'abord me cacher dans un bateau puis décide finalement de rentrer dans une maison.

D'ailleurs, ce n'est pas une maison en fait, c'est une sorte de manoir. Quelques personnes y boivent un verre et ne sont pas surprises de me voir débarquer, comme si c'était prévu. Je me sens tout de suite à l'aise et m'assieds au milieu d'un petit groupe. C'est carrément le genre bobos, qui se la jouent intello, et devisent sur des sujets apparemment passionnants, juste pour eux, mais ça me gêne pas et les guépards sont loin, alors…

L'un d'entre eux me propose un cocktail, soit pomme-cointreau, soit gini-vodka et je lui laisse le choix dans la mesure où aucun des deux ne me fait vraiment envie. Il me ramène un grand verre d'alcool jaunâtre, et j'en déduis donc que c'est le pomme-cointreau.

Je suis assis par terre, le dos contre une nana assez mignonne qui, assise comme moi, discute avec d'autres. Elle s'appuie beaucoup plus que moi et du coup, c'est pas super confortable comme position, mais quand elle me dit « hey, c'est pratique, hein, de s'asseoir comme ça ? », je dis rien, d'autant qu'une jolie fille blonde nous rejoint. Je m'apprête à leur raconter mon aventure avec les guépards, mais les deux filles se mangent langoureusement la bouche.

« Oups… désolé », dis-je, et du coup, elles s'arrêtent immédiatement de s'embrasser pour me dire, « oh pardon, vas-y, raconte-nous ton histoire de guépards, ça avait l'air super intéressant ».

Je leur dis de laisser tomber, c'était pas passionnant de toute façon…

Après, j'me suis réveillé…

## Les chiottes

Pas les chiottes, genre celles où on l'on pisse debout, bite à bite, au mieux cul à cul, sans savoir s'il faut regarder le haut du mur chiasseux, le bouton rond et métallique de la chasse d'eau ou les trois poils qui sèchent sur l'émail et qu'on essaie de décoller…

Y'en a qui sifflotent, d'autres qui restent bien concentrés à se regarder le poireau, ceux qui balancent un regard gêné à leurs voisins, genre, « euh, bonjour. Pas chaud pour la saison, hein ? » et ceux qui restent deux plombes parce qu'ils n'arrivent pas à pisser tant qu'il y a quelqu'un à côté…

Non, bien sûr, ces chiottes-là manquent un peu de charme, sauf peut-être bien défoncé dans un bar, par une belle soirée de murge entre amis où t'es prêt à discuter avec la terre entière.

Dans ce cas de figure, tu peux éventuellement lier connaissance avec ton voisin de pissotière, mais ça ne dure que quelques secondes parce que la plupart du temps, quand tu sors de là, tu te rappelles même plus la tronche du lascar avec qui tu viens de jacter.

Non, moi je parle des vraies chiottes, de ce petit monde clos, intime et personnel, cet univers où l'on est coupé de notre vie, déconnecté du monde extérieur, ces deux mètres carrés de quiétude individuelle, sans regard extérieur, bien protégé par le verrou intérieur de la porte d'entrée.

Debout face au mur, les yeux se posent sur l'éternel petit poster, le joli calendrier d'Air France, le parfum du déodorant et la petite serviette assortie au savon posé sur le lavabo. On essaie parfois de remettre dans l'eau la petite feuille de papier rose qu'est restée collée à la faïence en pissant juste à côté, un coup sur la gauche, un coup sur la droite, mais jamais au centre, malheureux, sinon tu déchires le papier.

Ça ne marche pas à tous les coups, mais quand tu réussis ta mission, t'es content de toi. Pas comme si t'avais gagné Roland-Garros non plus, mais une petite victoire, quoi !

Avec un peu de chance, si on pose un cul, sont accrochés sur la porte quelques dessins marrants, photos ou billets de concert qui nous donnent l'occasion de prolonger cette petite pause quotidienne.

Bien sûr, en cas de soirée mondaine ou de romantique rendez-vous en tête à tête, il faut, pour apprécier l'instant à sa juste mesure, que ce mythique lieu d'aisance soit géographiquement situé aux meilleures latitudes !

Exit le gogue du studio ou du deux pièces cuisine, d'où royalement installé sur son trône on entend parfaitement les discussions, les rires, les remarques des amis rassemblés autour de la table basse et où l'on redoute la moindre effusion sonore, le moindre plouf fatal à une sortie digne et discrète. Et pas la peine d'anticiper en montant subrepticement le volume de la chaîne afin de gagner quelques décibels de paix, y a toujours une paire d'yeux pour te griller et balancer sa vanne !

À oublier également la ruse des fausses quintes de toux au moment du dégazage et du largage du matos, tout le monde connaît ça, et t'as l'air encore plus con à l'arrivée qu'au départ.

Et puis, y a l'issue du combat… Tranquille, la plupart du temps, guillerette parfois quand tout s'est bien passé et qu'on se sent plus léger, presque aérien, mais délicate et inquiétante lorsque, par malheur, on a l'impression d'avoir bouffé chez les morts et qu'après avoir lâché une malheureuse dernière caisse on prie le ciel pour qu'aucun pote n'ait envie d'aller pisser avant deux siècles !

C'est pour éviter ces grands moments de solitude que l'on appréciera le luxe de goguenots éloignés du reste du monde, genre au troisième étage, couloir de gauche, deuxième sortie à droite.

Et encore…

Je me souviens d'une de nos soirées de célibataires avec Michel, où nous venions courir la gueuse, la fume et l'alcool, chez je ne sais plus qui.

Après quelques heures de teuf, j'étais tranquillement parti poser ma pêche, et ce en toute quiétude, puisque ledit chiotte, repéré au préalable, était stratégiquement idéalement situé.

Je ne sais si j'avais dîné la veille chez quelques personnes défuntes, toujours est-il que je me disais, amusé, que la flore et la faune vivant dans ce lieu de commodité ne survivraient sûrement pas à l'épreuve odoriférante que j'étais en train de leur imposer.

J'en souriais intérieurement, parce que bon d'accord ça daubait grave, mais c'est pas pareil quand on est soi-même le créateur de l'œuvre. C'est le charme du fait maison…

Tout à coup, cling cling, la poignée qui tourne, la porte qui vibre sous l'effet d'une tentative d'intrusion et soudain, tout mon être, égayé quelques secondes auparavant par la farce chimique que me jouaient mes intestins, se voit immédiatement envahi par une panique intense au son de la voix féminine qui interroge :

— Y a quelqu'un ?

(À ton avis, conasse ?)

— Euh… Oui…

— C'est pas grave, j'attends…

(Comment ça, j'attends ?)

Non, non, non, c'est pas possible, c'est pas possible, faut pas rester là ! Faut partir ! Faut me laisser tranquille, tracer loin et ne jamais revenir… Casse-toi, casse-toi, casse-toi !

Et là, t'es mal… Tu réfléchis, tu te demandes comment tu vas sortir de cette situation à la con, et pis tu sais que t'as pas la nuit pour y penser puisque le candidat suivant (en l'occurrence, la candidate, putain, encore plus la honte !) est dans le couloir, attendant impatiemment d'investir les lieux.

Bon, ben quand faut y aller, faut y aller… Torchage, remontage du jean', tirage de la chasse d'eau… Ouvrage de la porte, sortage…

C'était bien une fille, et bien sûr elle était plutôt jolie et bien sûr j'allais immanquablement la recroiser toute la soirée.

— Waouh, comment ça daube ! Bon courage, si tu rentres là-dedans. J'ai cru mourir tout à l'heure quand j'y suis rentré !

(Ben voyons, ducon… Pas pourri déjà, l'argument à deux balles.)

— Ah bon ? Beurk… mais tant pis, j'ai trop envie ! Oh la vache, c'est vrai, qu'est-ce que ça pue là-dedans !

Je me suis sauvé et je suis allé m'enterrer au fond du jardin.

## Velten

**28 mai… 8 h 27**

Des centaines d'automobilistes bloqués dans leurs geôles de métal et de plastique pour des heures encore. Un temps précieux et pourtant perdu chaque matin et chaque matin qui suivra encore. Un rite, un pèlerinage vain et répétitif, comme un chemin de croix ayant pour point de départ une terne existence et pour ultime but un travail frustrant et castrateur. Le soir venu, c'est la même chose qui attend chaque protagoniste de ce triste ballet et la seule différence sera la navrante permutation entre le point de départ et le lieu d'arrivée…

Décidément, les bouchons me foutent toujours autant la gerbe, se dit Velten en se faufilant à bord de sa mototaxi entre les files de blaireaux et de beaufs qui suffoquaient sous la chaleur et les gaz d'échappement de leurs maudits voisins d'infortunes.

Fort heureusement, l'époque lointaine et pénible où il était parfois victime lui aussi de ces foutus désagréments était définitivement révolue. Velten savait pertinemment que plus jamais il n'aurait à supporter cette contrainte et que quoi qu'il arrive, il ne ferait plus jamais partie de ce monde figé et désolant. Il avait choisi une autre voie depuis longtemps et il était clair qu'elle l'emmenait soit vers la vie dont il rêvait, soit vers une fin tragique et définitive.

Pas tragique pour grand monde, pensa-t-il.

Qui pleurera son départ lorsque son mode de vie le rattrapera ?

Personne, sans doute.

L'image de son enterrement lui traversa l'esprit. Un corbillard roulant doucement vers un cimetière minable, suivi péniblement d'un employé communal singeant, en baissant les yeux, une quelconque tristesse, mais pensant plus certainement à ses gosses qui le traitaient de pauvre raté de fonctionnaire, à sa femme et ses vingt kilos de trop qu'elle n'essayait même plus de cacher et qui lui foutait la gerbe à chaque fois qu'il voyait son cul blindé de cellulite, et à son foutu dos qui le faisait encore plus souffrir chaque matin et qui le menait droit à une opération à laquelle il n'allait plus échapper bien longtemps.

Finalement, les foutus défunts que ce pauvre agent communal accompagnait chaque semaine au fond du trou, coincés et définitivement raides entre deux planches, n'étaient pas plus mal lotis que lui et sa pauvre existence de cloporte, se levant tel un robot du lundi au vendredi, de janvier à décembre jusqu'à une illusoire retraite famélique et douloureuse.

Velten avait une vision assez définitive et raccourcie de la vie des gens simples et ordinaires. De tous ceux qui l'entouraient plus généralement. Une existence qu'il avait bien connue et qu'il avait maudite tant et tant de soirs qu'il en oubliait presque qu'elle eut existé.

Mais cette vie de merde était derrière lui et l'opinion qu'il avait de ses semblables lui avait finalement facilité les choses dans l'exercice de ses nouvelles fonctions.

Il ne s'appesantit donc guère sur l'image de sa mort et sur le souvenir pathétique qu'il laisserait derrière lui et préféra se concentrer sur ce qui l'attendait.

Arrivé à l'aéroport, il filerait directement vers un de ces salons privés qu'il appréciait tant et, après une petite douche réparatrice, commanderait sûrement une bouteille de Veuve Clicquot qui n'était sans doute pas le meilleur des champagnes, mais demeurait son favori.

Un souvenir de sa grande sœur qui l'embarquait dans de bons restaus quand il n'était encore qu'un préado. Elle commandait systématiquement deux coupes de Veuve pour attaquer un repas gastronomique qui débutait invariablement par un bloc de foie gras accompagné de tranches de pain de mie grillées et d'une truite sauvage aux amandes effilées, préparée par le chef en personne, ami de la frangine. Pas question de s'emmerder à disséquer soi-même le délicieux poisson alors qu'un autre pouvait se faire chier à votre place.

Velten se demanda si ce n'était finalement pas plutôt cette sensation de profiter des bonnes choses sans effort que le plat en lui-même qu'il appréciait.

Outre le goût de la bonne chair, certaines règles de bienséance, notamment envers la gent féminine étaient assez régulièrement révisées lors de ces petits dîners en tête à tête et Velten s'aperçut assez rapidement de l'effet bénéfique que ces petites attentions exerçaient auprès des femmes.

Leur tenir la porte, leur céder le passage, les laisser s'asseoir face à la salle et donc au monde, les écouter attentivement, toujours…

Verser tout d'abord dans son propre verre, quelques gouttes de la bouteille de vin afin d'éviter à la belle, le risque de petits morceaux de liège flottant à la surface du délicieux nectar, bref le b-a b-a, mais si régulièrement oublié par la plupart des hommes, lui disait-elle, que tu ne peux qu'en sortir gagnant, mon petit frère, crois-moi !

C'était principalement en souvenir de ces moments-là que Velten choisissait toujours la bouteille de champagne cintrée d'orange et aujourd'hui encore dès son arrivée à l'aéroport il ne dérogerait pas à la règle.

Il aimait ses moments d'attente dans les salons VIP. Tout d'abord parce qu'il aimait le luxe et le calme, mais aussi parce qu'il goûtait particulièrement la sensation d'être attendu et choyé comme s'il était quelqu'un d'important. Sans doute, un client parmi tant d'autres pour le personnel, mais il s'en balançait complètement et sincèrement, d'autant que si l'un d'entre eux connaissait la raison de ces nombreux déplacements et la spécificité de son activité, son regard se teinterait d'une lumière bien différente.

Il prenait donc juste du plaisir, confortablement installé et plus intensément réjoui de sa situation lorsqu'il pensait à tous ces gens qui arrivaient stressés et fatigués trois heures avant l'enregistrement, faisaient une heure de queue pour enregistrer leurs bagages et poireautaient indéfiniment pour finir entassés au fond de ce qu'il appelait « la bétaillère » avec pour toute attention cet appétissant plateau repas pourri que seuls l'ennui et l'inconfort leur permettaient d'apprécier modestement.

Lui, après sa troisième coupe, s'installerait mollement sur un des fauteuils club du coin télé, materait peut-être un film ou écouterait le dernier Massive Attack sur son MP3. Peut-être irait-il faire un tour dans les boutiques s'acheter une montre, un parfum ou tout simplement se replonger au milieu des touristes de base.

On viendra par la suite le chercher (contrairement aux voyageurs lambda qu'on rameute à travers les haut-parleurs, les informant de l'imminence du départ) pour embarquer une fois que tout le troupeau sera en place dans l'avion. Parfois, c'est avant toute la populace qu'il s'installait tranquillement, et l'accueil à bord n'en était alors que plus chaleureux. Une façon polie et commerciale de s'excuser à l'avance des longues minutes d'attente avant le décollage.

Velten préférait de loin monter à bord juste quelques minutes avant le départ, mais se prêtait malgré tout de bonne grâce au fonctionnement de la compagnie, et ce, quel qu'il soit.

Ce jour-là, il fut le premier à embarquer, passant devant tous les autres passagers agglutinés devant le comptoir d'embarquement, déjà tendus et fatigués par un voyage qui n'avait même pas débuté. Il aimait entendre ce léger chuchotement mi-indigné, mi-envieux des classes éco se demandant qui pouvait bien être ce type étrange et privilégié. Pour peu qu'alors une jolie fille le regarde un peu plus longuement, l'effet n'en était que plus euphorisant. Comme cette jeune beauté qui vient de le heurter doucement, volontairement sans doute, en s'excusant presque… Sensuellement. Une façon de lui faire comprendre qu'elle n'était pas insensible à son charme et aux privilèges auxquels il semblait avoir accès. Longues jambes, taille de guêpe, élégance naturelle et sans excès, un joli tatouage en clef de sol derrière l'oreille… Intéressant.

Pour peu qu'elle soit dans le même vol que lui et qu'elle soit coincée en seconde classe, penser à lui faire apporter une coupe de champagne, se dit-il.

Il s'arrangerait ensuite pour la croiser à nouveau pendant le vol, histoire de jouer un peu et qui sait, de pimenter le voyage et d'agrémenter ses rêves durant sa sieste volante sur son siège double aux allures de lit douillet…

Encore un avantage qu'il appréciait tout particulièrement pendant les longs trajets. Ces énormes fauteuils spacieux et le personnel de bord aux petits soins pour lui et ceux de son rang.

La bétaillère, il connaissait. Il l'avait tant de fois empruntée dans sa vie d'avant. Encore cuisant était le souvenir du peu de place quand on mesure plus d'un mètre trente, de l'impossibilité d'allonger simplement les jambes, des innombrables et ô combien inconfortables positions essayées pour tenter de trouver le sommeil, ne serait-ce que quelques dizaines de minutes. Sans oublier le voisin casse-couilles qui ronfle ou qui s'endort à moitié sur vous, la difficulté d'obtenir un pauvre verre d'eau, la bouffe de plus en plus dégueulasse et tiédasse, les hôtesses de moins en moins jolies et de moins en moins disponibles…

Ouf… Aujourd'hui, la principale difficulté était de se décider entre le choix d'allonger son fauteuil et de dormir pendant le voyage en écoutant un peu de zique ou de rester bien éveillé pour profiter de tous les services du vol, films en première exclusivité, personnel aux petits soins, vins fins et gastronomie haut de gamme. Peut-être juste une petite aspirine pour atténuer ce léger, mais tenace mal de tête, cette petite douleur derrière le crâne accompagnée d'une sale sensation nauséeuse ressentie au moment d'embarquer.

Le transfert en moto, peut-être.

Ou le parfum un peu fort de cette jolie fille croisée tout à l'heure.

Bah… tout rentrera dans l'ordre lorsqu'il se sera installé dans son large fauteuil, commandé un verre et attaqué le dernier album de Fink qu'il venait d'acheter au Duty-free. Quelques heures cools en perspectives… Pas comme ces pauvres tocards entassés à l'arrière du corbillard volant.

Corbillard néanmoins commun, pensa-t-il.

Même en voyageant dans le luxe, difficile d'oublier totalement qu'il était malgré tout prisonnier, comme tout le monde, d'une carcasse de fer volant comme par miracle à près de trente mille pieds au-dessus du plancher des vaches et qu'en cas de crash, il ne bénéficierait pour le coup d'aucun passe-droit.

Pilote, famille nombreuse, jeune plein d'avenir ou vieux plein aux as, petite minette canon à la clef de sol ou gros laideron adipeux, tout le monde y passe. La mort est aveugle et ne fait pas de différence. Elle frappe sans se poser de question et Velten était bien placé pour savoir qu'elle était sans foi ni loi et totalement arbitraire.

Bon… Ne pas cracher dans la soupe, pensa-t-il, en s'allongeant agréablement dans son fauteuil top class et jetant un œil discret sur la ligne de l'hôtesse qui passait devant lui. Ses longues jambes, son beau petit cul malgré un uniforme pas assez cintré à son goût et une certaine souplesse dans la démarche le laissa quelque peu rêveur et pressé d'en finir avec le vol. Plus vite arrivé, plus vite il pourra honorer son nouveau contrat et se débarrasser de cette affaire délicate.

Si tuer un gosse ne lui causait guère de remords au fond, il préférait éliminer un vieux salopard, une ordure qui cognait sa femme ou une petite frappe qui terrorisait son quartier, mais bon… Le boulot, c'est le boulot et celui-ci était méchamment bien payé. Pas impossible même que ce soit son dernier contrat tellement son client avait mis le prix pour le convaincre de le débarrasser de son petit bâtard.

Une fois le job terminé, il se paierait quelques jours de farniente dans un hôtel de luxe du coin et s'offrirait une ou deux filles dans le genre de cette hôtesse. Il la choisirait blonde, se dit-il. Plutôt jeune, mince et avec les cheveux longs. C'était son péché mignon, les blondes, et ça faisait un bail qu'il n'avait pas eu loisir d'en croquer une à son goût. D'un autre côté, sa mission l'envoyait vers la Thaïlande, et c'était plutôt un pays de brunes…

Peut-être s'accordera-t-il un petit extra et se paiera les deux. Et tiens, pourquoi pas les deux en même temps, se dit-il, amusé. Ça fait un moment que j'ai envie d'un petit délire à trois.

Une légère érection lui apporta un agréable réconfort supplémentaire et c'est avec des images érotiques très à son goût qu'il commença à s'assoupir confortablement en attendant la fin du vol…

Seul petit bémol, toujours cette migraine qui s'intensifie, l'impression d'avoir hyper chaud à l'intérieur, un peu de mal à bien ouvrir les yeux…

Bon… penser à autre chose et revenir aux pensées sensuelles de tout à l'heure. Facile en plus avec cette belle nana qui vient de s'asseoir sur le fauteuil de devant.

Tout à fait mon genre, se dit-il.

Longues cuisses fuselées, joli décolleté et ce petit tatouage… La clef de sol.

Tiens, tiens, le hasard fait bien les choses… ce voyage commençait on ne peut mieux.

Pourtant, toujours ce parfum désagréable… mal au cœur, difficulté à respirer, bourdonnement dans les oreilles, sensation de plonger malgré le regard de la jolie femme qui se retourne et le regarde en souriant.

Un chuchotement… Juste une dernière phrase à peine entendue avant de sombrer…

« C'est fini pour toi, connard… »

## Mardi 15 février

Une de ces journées d'hiver où le ciel est d'un bleu sans nuages…

La neige habille les cerisiers et les plantes du jardin semblent pétrifiées dans un habit de glace et de poudre blanche. C'est un après-midi.

Plus exactement… Un après-midi de glande où je trainasse, allongé sur le canapé du salon en écoutant la platine jouer avec Ben Harper qui chante « Walk away ».

Un petit rayon de soleil réussit à passer à travers le store et dessine un rai de lumière qui traverse la pièce. Des milliers de petits grains de poussière volent et dansent autour de moi dans une ronde brillante et lumineuse.

Je ne sais pas s'il fait vraiment chaud ou froid dehors et si ce petit rayon parvient à lui tout seul à réchauffer l'atmosphère extérieure, mais ça n'a aucune importance au fond. Ce qui compte vraiment c'est cette sensation paisible, ces quelques minutes de sérénité, de pur bonheur tranquille où l'on pense à soi, à ses amis, à ses enfants, à sa vie, à tous ces regards que l'on a croisés et que l'on a posés sur ce monde, au chemin déjà parcouru et à celle avec qui on partage la route dorénavant…

Peut-être venons nous de faire l'amour dans cette clarté bienveillante et que ma belle vient juste de s'absenter quelques secondes. Peut-être est-elle encore dans la salle de bains, dans la cuisine, ou dans le salon, en train de tirer doucement sur sa clope, de se coiffer devant son miroir ou de boire son thé à la menthe…

Peut-être vient-on juste de refaire le monde toute l'après-midi avec un vieux pote et qu'il vient de rentrer chez lui, encore habité de nos récents délires et porté par nos dernières taffes d'un bon joint d'Afghan.

Peut-être est-ce simplement une de ces journées solos à la maison, sans les cris et les rires de la famille, sans télé et sans portable pour troubler le silence du foyer. On traine d'une pièce à l'autre en calbar sans trop savoir ce qu'on va faire et du coup on se pose un peu sur le canapé sans idée précise.

En tout cas, c'est calme et silencieux. Y a juste de la lumière et la voix de Ben…

Je sais pourtant que ça cavale partout autour de moi, mais dans ma bulle, rien ne vient troubler ce sentiment de calme intérieur.

J'aimerais bien que ça dure encore un peu, que mon esprit puisse encore se reposer, se prélasser au cœur de ces minutes si particulières où l'on se sent un bref instant en harmonie avec le monde qui nous entoure.

La poussière continue de tourner doucement et je m'en fous de penser que ce nuage lumineux est bourré de particules que je respire à pleins poumons.

À cet instant, rien n'est dangereux, rien n'est effrayant, même ce monde de dingues qui m'attend dehors.

D'ailleurs, ce n'est pas vraiment de la poussière.

C'est de la poudre de fées qui jouent avec le soleil et apaisent toutes les douleurs et les craintes qui me rongent parfois.

Et là, tout de suite… Je suis juste bien.

## Tom's song

*G/D/C/G/E-/B-/C/G*
Ils m'ont dit, t'es pas trop vieux.
Pis pour un homme, c'est pas pareil.
Tu seras un père sensationnel.
Cinquante balais, c'est pas gagné.
Mais quand faut y aller, faut y aller.
On verra bien quand tu seras né.
Maintenant t'es là, c'est super chouette.
Tes p'tites bouclettes, tes petites frisettes.
Mais faut que j'te dise un truc, bébé, c'est la nuit.
J'suis défoncé, il faut que tu dormes.
Mais oui, je t'aime, mon petit homme.
Tes yeux se ferment doucement, c'est bien…
Quoi pipi ?
Ils m'ont dit, t'es pas trop vieux.
Pis pour un homme, c'est pas pareil.
Tu seras un père sensationnel.
Avant le soir, j'fumais des pétards.
Maintenant, je te raconte des histoires.
Woody, Bambi, Oui-Oui, Buzz et Babar.
Avec ta mère, c'était très chouette.

On aimait s'décalquer la tête.
Et tous les soirs, c'était la fête sous la couette

Ils m'ont dit, t'es pas trop vieux.
Pis pour un homme, c'est pas pareil.
Tu seras un père sensationnel.
Si pour marcher…
T'as pas speedé
Pour papoter
T'as pas trainé.
Tu nous as tout de suite fait rigoler.
J'aime quand tu chantes, j'aime quand tu danses.
Que t'essaies de nous dire ce que tu penses.
Ton sourire illumine toutes mes journées.
Ils m'ont dit, t'es pas trop vieux.
Pis pour un homme, c'est pas pareil.
Tu seras un père sensationnel.
Le matin, ta petite main dans la mienne.
Je t'emmène jusqu'à la maternelle.
Le soir quand je viens te chercher, tu cours dans mes bras.
À peine assis dans la Renault, j'veux ma tétine et mon gogo.
Julien, s'te plaît, passe-lui son p'tit sac à dos.
Ils m'ont dit, t'es pas trop vieux.
Pis pour un homme, c'est pas pareil.

Et…. J'ai un fils exceptionnel.

## Et Dieu dans tout ça ?

Encore ce soleil, ces nuages cotonneux, ce ciel bleu. Une température idéale, une légère brise qui caresse gentiment les arbres. Je suis sûr que ceux d'en bas vont encore penser que je me suis surpassé aujourd'hui et s'extasier devant la beauté de cette nature créée de ma main divine.

Créée de ma main divine ? Foutaises… Si je me souviens bien, j'ai juste ébauché quelques plans, comme ça, pour m'occuper un peu, et tout s'est enclenché à une vitesse folle, dépassant largement la moindre de mes espérances !

Mes espérances, mais qu'est-ce que je raconte, moi ?

Je n'espérais rien de tel en fait, j'ai à peine le vague souvenir d'avoir bidouillé deux ou trois molécules, programmé de la chaleur, un peu de lumière, secoué un peu le tout à la Tom Cruise dans « Cocktail » et voilà, rien de plus… ça aurait dû foirer, comme toutes les fois d'avant, mais non, cette fois-ci, la sauce a prise et le processus s'est engagé, Bing… Bang.

Moi, j'ai juste regardé ça d'ici, juste stupéfait au tout début du résultat, émerveillé comme un simple spectateur et ce n'est qu'au moment où tout s'est emballé et que vous vous êtes finalement extirpés de tout ce bordel que j'ai compris que la situation allait se compliquer, qu'on allait tout me mettre sur le dos et me demander des explications.

Passe encore pour la nature, les montagnes, les océans, les déserts et les majestueuses forêts dans lesquelles vous vous émerveillez chaque jour.

Je reste moi-même abasourdi à chaque fois que j'ai loisir de contempler ces extraordinaires paysages terrestres et ne me lasse jamais de m'y balader comme au premier jour.

Mais de là à imaginer qu'une seule force, qu'une seule source puisse être à l'origine de tant de beauté et d'une telle stupéfiante harmonie, non vraiment, j'vois pas.

Bon, d'un autre côté, si ça vous fait plaisir et que ça vous aide à dormir la nuit…

Pour les animaux aussi, je dois avouer que certains me laissent encore pantois devant tant de couleurs, de grâce, d'élégance. Ma foi, on frise souvent la perfection, je dois le reconnaître bien modestement même si, encore une fois, je n'y suis pas pour grand-chose dans le fond…

Les papillons légers et insouciants, les oiseaux multicolores, les étincelants poissons des mers du Sud, les gracieux et princiers félins, et les fantastiques dauphins.

J'aime bien les dauphins.

Quel bonheur de nager avec eux, de suivre leurs ballets aquatiques et joyeux, de fendre les vagues à fond la caisse ! Je prends toujours autant de plaisir à me mêler à leurs joutes euphorisantes. Les dauphins sont de sacrés farceurs et cette petite lumière qu'on distingue dans leurs yeux me rappelle souvent la bonne blague que tout ça représente…

Tout n'est peut-être pas si triste ici-bas, finalement.

Alors, d'accord, passons pour les animaux, et de façon générale la faune, la flore et les paysages de celle qu'on nomme planète bleue.

Je veux bien endosser une certaine paternité du projet même si encore une fois, je pense que ma responsabilité est loin d'être avérée et que toute cette harmonie résulte plus d'une succession d'évènements fortuits que d'une réelle et construite réflexion de ma part, mais OK, admettons !

Mais, les hommes… Non, vraiment, là, j'vois pas !

Jamais je n'ai imaginé une seule seconde que cela prendrait une telle tournure. Je ne me souviens même plus très précisément pourquoi nous en sommes arrivés là, vous et moi. J'ai beau chercher, me triturer l'esprit, tenter de remonter au plus profond de ma mémoire, pas moyen de trouver le moindre indice sur la façon dont les choses se sont déroulées avant votre arrivée.

Et voilà que depuis toutes ces années vous vous tournez sans cesse vers moi en m'interrogeant, genoux à terre, visages tournés vers le ciel, m'interrogeant sur la marche à suivre, la portée de vos actes, de vos pensées et le bien-fondé de notre relation.

Moi qui ne sais même pas qui je suis, ce que j'ai à faire dans un monde où ma solitude n'a d'égale que mon angoisse existentielle, je devrais être responsable de vos millions d'âmes et garant de ces milliards de pensées, de chemins pris, de décisions faites en mon nom ?

Parlons-en d'ailleurs de mon blase… Encore une totale et insoluble question. Qui suis-je réellement, qui m'a appelé pour la première fois et comment ?

Et si quelqu'un ou quelque chose n'a jamais prononcé mon nom, quelle forme avait-il et de quel univers vient-il ? Est-ce que j'existe vraiment et si oui, qu'attendent tous ces gens qui fourmillent, s'excitent dans tous les sens ici-bas et pensent trouver une raison à leur existence en s'inventant une sorte de saint patron qui les guiderait on ne sait où ?

Mais qu'est-ce que je fous ici, moi ?

## Coca

Ça pique un peu à la première gorgée. Et pour peu qu'on s'amuse à le boire goulument à la bouteille, on peut presque dire que « ça arrache ! ».

D'aussi loin qu'on se souvienne, on a l'impression que la fameuse bouteille oblongue fait partie de notre quotidien. Pas tellement les grandes bouteilles en plastique, les mini-cannettes, les Coca light, zéro ou sans caféine, les boîtes avec ton prénom dessus et bientôt pourquoi pas ton numéro de sécu et ta photo, mais plutôt la bouteille classique de trente-trois centilitres, celle en verre avec sa ligne si particulière et *Coca-Cola* gravé sur le ventre.

Des souvenirs de camping avec les parents, un goûter en terrasse, un pique-nique à la mer. À la plage, il n'a pas tout à fait le même goût, le Coca.

C'est vrai, non ?

Les expéditions des années 70, familles nombreuses, parasols à perte de vue, bouées en canard, radio branchée sur le Tour de France.

Les glacières blindées de bouteilles d'eau, de fruits et de melons.

Le midi, c'était sandwich, enfin non pas vraiment sandwich, mais plutôt les pans-bagnats monstrueux et presque impossibles à manger sans faire tomber dans le sable, une rondelle de tomate, une olive, un morceau d'œuf dur.

Des après-midi à rallonge qui semblaient pourtant ne durer que quelques heures entre copains de vacances, châteaux de sable et baignades interminables.

Pas très loin des serviettes et des tontons qui font la sieste, des boules de pétanque en plastique, un frisbee, un portique avec deux cordes à grimper, deux anneaux et une balançoire. Une jolie gamine blonde en maillot rouge qu'on regarde tous les jours faire le cochon pendu et à qui on n'ose pas parler parce qu'on ne comprend pas encore pourquoi cette boule dans le ventre qui s'agite quand on la croise. À quatre heures, un paquet de BN au chocolat et les bons jours, un Fanta chacun. Le ploc de la bouteille qu'on décapsule, le pschhht du gaz qui s'échappe et un peu de mousse qui tente de s'enfuir par le goulot. Gavé de soleil, les lèvres sèches et un peu de sable au coin de la bouche, la première gorgée est la meilleure… C'est frais, c'est puissant, c'est sucré, c'est toutes nos vacances. Aujourd'hui encore chaque été si le soleil, les congés et les journées au bord de la mer sont au rendez-vous, la plupart des sensations enfantines se sont envolées, laissant place à un monde de responsabilités et de soucis qu'on tente d'oublier un peu en enfilant short et tongs pendant ces quelques journées arrachées à l'hiver.

D'autres petites têtes blondes et brunes ont pris la place et s'agitent toujours autour de la même glacière, du même pâté de sable, de la même mer bleue qui nous a vu vieillir un peu plus chaque été. On se dit que les aiguilles ont tourné bien vite.

Pas plus vite qu'à l'époque où c'était nous les mômes de cette plage, mais trop vite quand même.

Ça parait aujourd'hui si loin qu'on s'en souvient à peine, se demandant même si tout ceci n'est finalement pas qu'un vieux film qu'on se repasse, le cul sur le sable mouillé à regarder les vagues grimper sur nos chevilles… Mais soudain, il fait soif et, sans y penser on ouvre un Coca qu'on porte instinctivement à ses lèvres et tout revient pendant un millième de seconde. Le goût du sucre des années passées, la couleur du maillot de bain qu'on portait, la tête d'un copain de baignade, le prénom de la petite blonde… Et la petite boule au ventre, aussi.

## Putain de soirée !

Zoom avant sur l'univers… Enfin, le centre de la galaxie pour être précis, et la planète Terre, précisément…

Pas sûr que la terre soit vraiment au centre de la galaxie d'ailleurs. Encore moins de l'univers du coup. Bon, on s'en fout !

Bref, disons, direction notre bonne vieille planète un peu bleue et carrément ronde, ça, c'est sûr. Je me demande d'ailleurs pourquoi toutes les planètes sont rondes. Parce que toutes les planètes sont bien rondes, N'est-ce pas ?

Va falloir que je me penche sur la question.

Ou pas.

Plutôt pas d'ailleurs.

En tout cas, disons, la terre.

La terre, la France, la région parisienne, le 16 rue des bâtisseurs au cœur de la zone industrielle de Crosne, un 24 janvier au soir.

Ça fait moins rêver déjà, mais c'est comme ça. C'est là que je crèche, alors c'est ici que se situe l'action.

Au centre de la scène… Une grosse gamelle fumante dégageant cette fameuse odeur de fête, de potes, de bouffe et de pinard.

L'odeur du Chili con carne.

De mon Chili…

Ce soir sont réunis à la maison, sœurs, amis et amour.

Difficile de faire mieux.

Trois ou quatre lascars, une amitié de quarante ans, des rires, des vannes, des bisous, des buts, des vacances, des concerts, des souvenirs.

Une vie.

Nos vies…

Pas toujours marrantes, mais malgré nos blessures, les kilomètres et le temps assassin, notre complicité reste la même qu'à nos quinze ans.

Les frangines sont là aussi, présentes depuis le premier jour de mon arrivée sénégalaise en ce mois de juin soixante-deux. La famille, quoi.

Enfin, ce qu'il en reste… Trois parties d'une fratrie.

Les trois prochains sur la grande liste aussi à priori…

Une grande toubab blonde, jolie et cool, assise à ma table après une aventure saint-louisienne d'il y a fort fort longtemps. Une première histoire d'amour vieille de trente-cinq ans, deux routes qui se séparent et se recroisent après toutes ces années.

Tous réunis ce soir pour rire et boire avec les frères, les sœurs, et la même légèreté et la même sensualité qu'un énorme quart de siècle auparavant.

Ça en fait un paquet d'amour dans une seule pièce. Même le Chili s'est mis au diapason et fond dans la bouche comme un baiser salé.

Un Chili des grands soirs, mon ami !

Des verres qui s'entrechoquent, des volutes de clopes qui s'enroulent autour des lumières tamisées, Radio-Paradise en fond sonore, la meilleure radio du monde.

Les jours qui passent, mais qui passent bien et on se dit que c'est comme ça que ça devrait être, tout le temps.

De la zique, de l'amour, de l'alcool, des rires, une pêche d'enfer et un bon Chili.

Putain de soirée !

Putain de bonne soirée !

## Sombres marais

Ils sont-là. En moi. Partout autour de moi.

Ma tête, mon cœur, mes entrailles sont leurs tristes demeures. Zone sombre et malfaisante où ne règnent que doutes, douleurs, chagrins, peurs et angoisses les plus profondes.

Sans doute présents depuis ma plus tendre enfance et ses premiers traumatismes.

Les combattre ?

Mais putain, vous croyez quoi ?

Je n'ai jamais cessé de le faire, jamais définitivement baissé les bras. Chaque matin, je lance mes armées de bonheur, de joie de vivre, d'amour et d'amitié à l'assaut de cette ignoble contrée. Chaque jour, de nombreuses et douloureuses batailles se tiennent en ces lieux maudits et systématiquement mes troupes joyeuses me reviennent affaiblies, désespérées… Sans doute bientôt décimées. Pourtant jamais elles ne renoncent, toujours prêtes à donner leur vie pour ma vie, ne battant retraite que parce que ma peur est plus forte.

Elles reculent alors, contraintes d'abandonner provisoirement la lutte, regagnent notre campement de fortune, tentent de reprendre quelques forces, de panser les blessures en vue d'un nouvel assaut et d'une nouvelle et douloureuse attaque.

Las… devant toutes ces défaites, toute cette énergie déployée inutilement par ces vaines tentatives de vaincre les démons de mes sombres marais, j'ai finalement décidé de construire une muraille infranchissable, un mur si haut, si épais et si dense qu'aucun de mes fantassins de joie et de bonheur ne puisse malgré mes injonctions retourner souffrir au combat.

Espérant ainsi nous protéger de cette infâme contrée qui végète, gargouille et pourrit au fond de mon âme, refusant de retourner affronter ces démons qui me détruisent lentement, j'ai bâti un dôme inaccessible à tout sentiment négatif. Un bouclier indestructible visant à laisser mes sombres marais et leurs ignobles habitants isolés et perdus.

Malgré tout, et malgré d'incessants efforts, chaque aurore me renvoie au milieu de ces marécages puants, malfaisants, sombres et brumeux, aux milliers de chemins boueux, de flaques noires et opaques, de buissons menaçants aux branches acérées et je reste là, seul et apeuré, angoissé à nouveau au simple fait de respirer, paralysé à l'idée d'être retourné en enfer.

Je me débats, hurle et frappe dans le vide, cherchant sans succès une sortie salvatrice, affrontant ces créatures qui déchirent ma peau, mes yeux, mon cœur, mais refusent de mettre définitivement fin à ma vie malgré mes supplications insistantes.

Ces démons se nourrissent de mon malheur, se repaissent de mes souffrances et si je n'existe plus, ils disparaissent avec moi à tout jamais. Leur salut n'est lié qu'à ma détresse, leur raison de vivre est de m'épuiser un peu plus chaque jour sans toutefois m'ôter cet infime espoir qui me donne le courage de ne pas en finir avec ma piètre existence. Lorsqu'ils finissent par me rejeter, épuisé, tétanisé, désespéré, n'ayant plus en moi que malheur et souffrances, ils se réjouissent cruellement et contemplent la tristesse engendrée.

Je rejoins alors tant bien que mal, mes armées de lumière et tente de retrouver quelques repos parmi les miens, constatant chaque jour que me quitte ma force et que mon énergie vitale décroit chaque seconde. Le désespoir et la fatalité d'un inéluctable échec me hantent. Je me sais perdant, quoi qu'il arrive. Tout n'est qu'une question de temps, et ce temps semble proche. Seule mon éternelle et irrévocable défaite libérera les forces positives et joyeuses qui tentèrent malgré tout de me tenir compagnie tout au long de ce demi-siècle.

Si jamais je ne triompherai de ces sombres marais et de ses créatures maudites, je reste pourtant maître du jeu puisqu'elles ne vivent qu'à travers le droit d'exister que je leur ai donné. Si je sors perdant de toutes nos confrontations douloureuses et éreintantes pour l'homme faible que je suis devenu, je connais néanmoins la solution me permettant de vaincre définitivement ces saloperies de démons et les faire taire à tout jamais.

Je sais comment mettre fin à cette lutte intensive et épuisante, comment libérer enfin mes forces vives et leur offrir une liberté éternelle.

Mettre fin à mes jours anéantira à tout jamais mes sombres marais.

Comprendre vous sera sans doute difficile. Pardonner, plus encore, peut-être. Pardonne-moi Tom, mon petit homme…

L'heure est venue pour moi de cesser le combat.

## Une petite tranche de bonheur

Un soir de semaine, coincé entre Noël et Jour de l'An.

Un mercredi pour être précis.

Rien de bandant à priori.

Mais… Des potes en plein travaux chez eux viennent boire un coup après un SMS la veille, genre « et si vous veniez poser vos fesses poussiéreuses chez moi demain soir pour l'apéro ? ».

Réponse rapide et motivée. « Putain, ouais carrément, ça va nous faire du bien de bouger de la baraque. C'est Beyrouth, ici ! »

Du coup, la journée molasse d'une semaine calme au bureau prend une autre tournure avec la perspective de bien finir la soirée.

Avant tout, petit passage chez Picard (c'est pratique quand même des fois, hein ?) pour faire le plein de solide.

Le liquide, y en a toujours à la maison…

Une parenthèse entre amis, à parler de tout et de rien, de la différence entre populaire et populiste, des séances de ciné polluées par les bouffeurs de pop-corn, du dernier film iranien qu'Isa a adoooré même si Thierry lui s'est endormi, deux ou trois vannes de cul, un Saint-Estèphe 2012 dans nos verres et Radio-Paradise en fond pour couvrir le vent qui fait grincer la toiture.

Que demander de plus ?

Après, bien sûr… faut ranger et nettoyer parce que le boxon du lendemain matin quand tu te lèves la tête dans le cul, l'odeur du tabac froid, le fameux dernier toast que personne n'a mangé et qu'a moisi toute la nuit, les fonds de verres où le pinard a tristement séché et les miettes qui se collent sous les pieds… J'aime pas trop.

Mais là, même s'il est tard, t'as encore la pêche sur la lancée de la soirée et pas plus envie que ça d'aller te coucher.

Qu'à cela ne tienne… AC/DC à fond les ballons sur la platine, une clope, quelques riffs d'Air Guitare entre la cuisine et le salon, la vaisselle en dansant… c'est parti pour l'after en trio avec Bon Scott et Angus Young.

Un peu pété, mais pas trop. Un peu seul, mais pas vraiment.

La musique est la meilleure compagne du moment, la présence des potes plane toujours dans l'air, mon grand lit m'attend au cœur de mon grand appartement… Et demain matin, grasse matinée !

Juste une petite tranche de bonheur…

## Les p'tits doigts

— Bonne nuit, mon Tommy.

— Bonne nuit, papa.

— Papa ?

— Oui chéri ?

— Tu m'fais les p'tits doigts ?

— Hummmm… OK !

— C'est l'histoire d'un petit pouce… D'un petit index… Du grand majeur… Du petit annulaire… Du tout petit auriculaire et de touuuuute la petite main.

— Et l'autre ?

— Ah ben oui… l'autre !

— C’est l’histoire d’un petit pouce… D’un petit index… Du grand majeur… Du petit annulaire… Du tout petit auriculaire et de touuuuute la petite main.

— À tout à l’heure bye bye à toute, papa.

— À tout à l’heure bye bye à toute, chéri.

## Takamine L 670

Les djembés résonnent encore et encore…

Malgré la chaleur, les djembés résonnent toujours près du fleuve.

Le ventilateur tourne frénétiquement au plafond pourtant aucun souffle d'air frais ne m'atteint. Le soleil africain écrase la ville.

Même les ombres cherchent désespérément un peu d'obscurité.

Saint-Louis suffoque sous les brûlures de l'hivernage.

Les cafards ne courent plus, les mouches ne volent plus et les seules à s'exciter, à frapper, à danser, sont les mains du percussionniste.

La rue si bruyante habituellement semble morte, même les banas-banas ne traquent plus l'arnaque au coin de la rue.

Notre monde est planqué, otage du soleil.

Seule dans une pénombre relative, ma gratte semble chercher la fraîcheur d'un petit coin de gris, mais je vois son corps curieusement penché vers la fenêtre d'où naît le rythme lancinant des perçus.

— Alors, Taka, tu as les cordes qui te démangent ?

— Hey, tu ne m'as pas caressé depuis si longtemps.

— Il fait si chaud, Taka…

— Mais les djembés résonnent encore, non ?

— Tu as raison ma belle, viens… Viens dans mes bras.

Doucement, je pose ma guitare sur mes genoux et cajole lascivement ses mécaniques afin que le son de notre union soit parfait. Ma main droite effleure les cordes pendant que ma main gauche plaque un accord mineur contre ses barrettes humides. Taka laisse alors échapper de légers sons brésiliens et entame une mélodie en Fa dièse. Une bossa s'élève de sa caisse de palissandre et monte langoureusement le long de ma gorge. Quelques instants de volupté de plaisirs cariocas, un bref instant de répit et déjà Taka en redemande un peu plus.

Plus fort, plus loin… Je saisis un médiator Hard pour des frissons plus violents et lui enfonce brutalement mon jack dans la caisse. Un riff d'acier m'explose la tête, mon corps est secoué de spasmes Angussiens pendant que, sorti du fond de mon ampli la « reverb » entame un long râle de métal.

Les djembés se sont tus et ne résonnent plus, seules mes notes rebondissent encore sur le fleuve et dansent autour du pont Faidherbe.

Je rallume doucement un joint et jette un regard sur Taka qui récupère à mes côtés, cordes encore fumantes. Elle fredonne doucement une note lointaine, répétitive, dissonante et finalement… Désagréable. Tout devient flou, les murs s'estompent alors qu'une timide lumière inconnue dessine autour de moi des formes familières. J'aperçois vaguement ce maudit réveil qui répète inlassablement sa rengaine :

— Lève-toi, blaireau, fini dodo, lève-toi blaireau, fini dodo.

Taka est bien là, mais ni ses cordes ni sa caisse ne semblent avoir vibré avec moi.

Foutue réalité…

J'aimerais tant que nous nous entendions aussi parfaitement que dans mon rêve et ce n'est pas faute d'avoir tenté de te charmer pour obtenir tout de toi. Combien d'heures passées à déchiffrer partitions et tablatures pour un résultat pas vraiment à la hauteur de mes espérances ?

Bah… T'inquiète. J'aime toujours te retrouver et j'ai parfois touché le bonheur du bout des doigts.

Lorsque nous nous retrouvons, les djembés résonnent encore.

## Le choix

Jules venait tout juste de fêter ses vingt-neuf ans.

Tous ses amis étaient venus dans leur chouette petite maison du sud de l'Essonne qu'ils venaient de se payer avec les jolies primes d'intéressement des trois dernières années. Son boulot de directeur artistique dans la boîte de production qu'il avait créée lui permettait d'assouvir sa passion pour la musique et de vivre raisonnablement, sans excès, mais avec autant de petits plaisirs que nécessaire.

Une copine plutôt jolie, pétillante et drôle et un mariage qui se profilait dès la fin de l'année. Une petite vie cool, amoureux l'un de l'autre au milieu de leurs adorables familles et de vieux potes d'enfance, footeux et musicos.

Restaus, cinés, concert, voyages aux quatre coins du globe embellissaient encore un peu ce joli tableau dont chacun se plaisait à penser qu'il n'était pas loin d'être idyllique.

Et pourtant… Depuis quelque temps et sans raison apparente, il sentait poindre une perte d'intérêt pour la vie et nombreux de ses réveils étaient systématiquement teintés de blues et de mélancolie.

Le foot, les amis, les sorties, les câlins… Tout lui semblait futile et vain.

Seul l'amour pour sa belle lui permettait de tenir encore un peu la distance, mais les questions, toujours plus pressantes, se bousculaient.

Pourquoi sa vie apparemment réussie perdait de son intérêt à ses yeux ? Comment réussir à aimer l'existence puisqu'au fond l'inéluctable néant nous attend tous ? Pourquoi se battre encore, vouloir toujours plus ? Comment trouver la force et l'envie d'avancer puisque nous courons à notre perte ?

Un soir, un matin, il fermera définitivement les yeux, sa belle n'existera plus pour lui. Aucun de ses merveilleux souvenirs, aucun de ses doux baisers ne lui parviendront plus.

Sa vie s'éteindra, mais le monde continuera à chanter, à rire, à boire et à aimer. Les salles de concert se rempliront comme auparavant, de jeunes et belles jeunes femmes bronzées et désirables feront toujours frissonner de jeunes hommes inconscients de la brièveté de leur existence, les guitares résonneront toujours au cœur des festivals…

Merde, pensa-t-il. Je ne veux pas vivre juste pour attendre de mourir, pas quitter le monde des vivants pour celui du vide.

Je ne veux pas, je ne veux pas, je ne veux pas… et j'ai peur.

À trop aimer la vie, on finit par se la gâcher. À force de mélancolie, il menaçait de faire souffrir ceux qu'il aimait et gâcher le simple plaisir d'être ensemble.

De riche, gaie et colorée, son existence virait au gris sans qu'aucun nuage annonciateur de tourments ne soit passé au-dessus de lui ces dernières années. Les moments de bonheur qu'il appréciait tant, il s'en souvient vaguement, le rapprochaient aujourd'hui de l'abîme.

Comment sortir de ce dédale existentialiste qui ronge peu à peu cette âme à la dérive ?

À vous de choisir.

Seize heures… La pendulette de son bureau, aux couleurs de Dark Side of the Moon des Floyd, scintille sur son bureau. Dans deux heures, il sera libre !

Libre ? Oui… Jusqu'à demain matin où il devra reprendre sa place dans le trafic.

Et puis non, après tout. Pas cette fois !

Il se lève, sort de son bureau et marche jusqu'à une boîte aux lettres dans laquelle il glisse doucement, presque en hésitant, une enveloppe aux teintes opiacées. Il se dirige ensuite vers une banque et en ressort précipitamment pour s'engouffrer dans un Uber. Une heure plus tard, dans une des salles d'embarquement de l'aéroport Charles de Gaule, il regarde une dernière fois quelques photos de sa vie d'avant.

À ses côtés, une guitare et un vieux sac en cuir.

Le regard par-delà les nuages, il scrute l'horizon et sourit mélancoliquement.

Plus Jamais on ne le revit…

*Sélectionnez A*

Seize heures… La pendulette de son bureau, aux couleurs de Dark Side of the Moon des Floyd, scintille sur son bureau.

Dans deux heures, ils seront libres !

Libres ? Oui… Jusqu'à demain matin où ils devront reprendre leurs places dans le trafic.

Et puis non, après tout. Pas cette fois !

Il se lève, sort de son bureau et marche jusqu'à une boîte aux lettres dans laquelle il glisse doucement, presque en hésitant, une enveloppe aux teintes opiacées puis se dirige vers une banque d'où il ressort précipitamment pour s'engouffrer dans un Uber.

Une heure plus tard, dans une des salles d'embarquement de l'aéroport Charles de Gaule, ils regardent une dernière fois quelques photos de leur vie d'avant.

À leurs côtés, une guitare, une valise bleu fluo et un vieux sac en cuir. Le regard par-delà les nuages, ils scrutent l'horizon et il lui sourit.

Il a réussi à la convaincre de quitter ce monde de tarés pour aller repeupler une île à l'autre bout du monde. Quelques mois plus tard naîtra leur premier enfant dans un archipel perdu au milieu de l'océan Indien.

Plus Jamais on ne les revit…

*Sélectionnez B*

Le sac sur l'épaule, il rentre du stade, lessivé par ses foutus premiers entrainements fonciers, mais ravi d'avoir retrouvé ses potes, l'ambiance du vestiaire et le plaisir de taper dans un ballon.

Après une bonne douche et quelques bières, il a roulé tranquillement par cette belle soirée d'automne, fenêtre ouverte, « Sort of a révolution » de Fink comme ambiance musicale.

Arrivé devant la maison, il gare le monospace flambant neuf qu'ils viennent d'acquérir, entre dans le jardin et joue quelques instants avec Django, le labrador de la maison.

D'où il se tient, il voit son épouse confortablement installée sous les arbres, en grande discussion avec leur fille, Billie.

Il regarde tendrement le petit ventre rond, promesse de l'arrivée imminente de Velten, leur premier fils, et trouve sa belle plus belle que jamais.

Une voix connue et amusée le tire de sa rêverie et il tombe sur un vieux couple d'amis sortant de la cuisine en portant avec la plus grande des attentions une énorme gamelle de Chili. Ce soir, c'est la Fête !

Il rit, embrasse tout le monde, s'affale dans son hamac et sonde l'infinie beauté du crépuscule, l'inégalable beauté d'un ciel de septembre.

Quoi que l'avenir lui réserve et quelle que soit la finalité de ce grand jeu de l'existence… Aujourd'hui, la vie est belle !

*Sélectionnez C*

Pensif, il regarde le soleil percer une multitude de petits nuages cotonneux, donnant au ciel de magnifiques teintes mordorées.

Septembre à une nouvelle fois habillé la nature de mille feux.

Une jeune femme passe devant lui sur son scooter. Elle est belle, et le petit regard amusé qu'elle lance lui redonne un court moment goût à la vie.

Mais en un instant, elle disparait au coin de la rue, symbole d'une promesse d'un bonheur toujours fugitif.

Jules inspire longuement, sort l'arme de son blouson, la plaque contre sa tempe et tire… *Sélectionnez D.*

## Bonheur

Être en pleine forme.

Une belle grande baraque, vue imprenable sur la plage, une méga piscine dans un écrin de verdure.

Tous mes vieux amis, mes frangines, mes fils et des potes à eux aussi pour qu'ils soient heureux.

Une chérie aussi, bien sûr… Jolie. Enfin, que moi, je trouve belle, en tout cas.

Elle m'aime, je l'aime et on est heureux d'être ensemble au milieu de tous et toutes. On rit, on joue, on baise, on se câline, on se rassure, on se serre fort l'un contre l'autre, on essaie de croire que nous deux, c'est pour toujours. Et on y arrive presque.

Le matin, aucun réveil ne sonne… On ouvre juste les yeux parce que le gazouillis des oiseaux, le léger bruit des vagues, l'impression d'avoir entendu dans la cuisine ou sur la terrasse un ami déjà debout.

Ou peut-être juste parce qu'on a assez dormi, que le corps est reposé et que l'esprit le secoue un peu, trop impatient de retrouver les autres pour cette nouvelle journée qui commence.

Le petit-déj' est servi. À la demande… Jus fraîchement pressés, charcuteries, omelettes, viennoiseries, café, thé, chocolat, lait beurre, confitures, corn-flakes, fruits secs, fromage, yaourts, fruits exotiques… Tout est là.

Pour les repas, un cuistot s'occupe de la bouffe, un sommelier du vin, un barman des cocktails. On a évidemment engagé du personnel pour le ménage, la vaisselle, les courses…

Pour notre séjour fantastique, pas de planning, pas de contraintes horaires.

Juste nos projets persos, nos envies du moment. Peut-être, se retrouver pour l'apéro près du bungalow sur la plage, ou au bar de la piscine. Un bar qui fonctionne évidemment 24 h sur 24 h.

La journée, on se croise, on fait des trucs tous ensemble ou pas. On se retrouve parfois au bord de l'océan, du terrain de boules, de la table de ping-pong.

Rendez-vous tout à l'heure à l'auditorium naturel donnant sur la mer pour y écouter un petit album des Floyd en tirant sur une paille plongeant dans un mojito, ou sur un léger stick de beuh.

Les uns seront partis en balade, ou faire une sieste crapuleuse, ou un peu de snorkeling au milieu des poissons. Les autres bouquineront dans un hamac sous les arbres, joueront un peu de gratte face à la mer ou se taperont tout simplement une petite coinche sur la terrasse, cartes, clopes et verre en main.

Souvent le soir, autour d'une grande table, tous ensemble et comme nous savions si bien le faire, nous discuterons de tout, de rien, d'amitié, de souvenirs, de ces merveilleux moments simples de bonheur commun, de tous nos petits défauts qu'on aime finalement autant que nos qualités, de foot et de musique, de nos parents, de nos enfants, de nos boulots et un peu de la retraite aussi.

De notre vie tordue, mais aussi de la chance qu'elle nous offre juste là, maintenant.

On boirait beaucoup, c'est certain. On rirait beaucoup aussi, c'est juste une évidence. On se coucherait tard, on retrouverait un peu d'intimité avec sa moitié… Et nous dormirions tous du sommeil du juste… Du juste un peu défoncé sans doute…

Et au fil de ces journées d'ivresse, au cœur d'une de ces nuits où l'on n'arrive pas à s'endormir, deux amis se retrouveront sous la lune en fumant une clope, regarderont la mer briller sous les étoiles et se diront :

« On n'est pas bien là, mon pote ? »

## P'tit coup de blues

Assis au milieu d'un champ, sous un ciel gris, vaguement menaçant, mais immobile. Je ferme les yeux.

J'écoute… un cours d'eau, le chant des mésanges, le coassement d'un crapaud, les roucoulements d'une tourterelle, le pépiement d'un rapace.

Un tracteur passe, loin au fond des champs, un homme frappe sur quelque chose avec quelque chose. Une mouche passe près de moi, puis deux.

Un mouton bêle quelque part, puis deux.

J'ouvre les yeux.

Des arbres immobiles, une rangée de fougères, quelques bouses séchées, des collines verdoyantes malgré le gris du ciel et des petits points blancs et marron sur le fond émeraude. Des vaches au loin.

Vers l'horizon les montagnes grises et vaguement enneigées. Un avion les survole, emportant je ne sais qui, je ne sais où, et je m'en fous.

Un coq décalé qui chante, enfin qui braille plus exactement.

L'église du village qui sonne. Il est six heures. Paris est loin et c'est tant mieux.

Tout vit, mais rien ne bouge. Ailleurs, des milliers de gens rient, meurent, sont heureux et déchirés par leurs drames. Et moi au milieu de ce grand tout.

Triste et heureux à la fois.

Indécis, inconstant, incertain.

Pourquoi un soir nouveau ?

Pourquoi continuer à affronter cette journée, identique à la veille et semblable à la prochaine ?

Qu'attends-je ? Que puis-je espérer vraiment ?

Sans l'attendre, je n'ai plus peur de la mort.

Mon histoire semble toucher à sa fin. Cette existence ne m'intéresse plus et me promet bien plus de chagrins et de douleurs que de joie et de rires.

Pour qui, pour quoi continuer de faire comme si ?

Je suis si fatigué. Pas encore vieux, mais tellement fatigué. Je ne crois pas pouvoir continuer très longtemps comme ça. Même pour toi, mon fils.

Même pour toi, petit Tom.

Imprimé en Allemagne
Achevé d'imprimer en janvier 2022
Dépôt légal : janvier 2022

Pour

Le Lys Bleu Éditions
40, rue du Louvre
75001 Paris

www.ingramcontent.com/pod-product-compliance
Lightning Source LLC
LaVergne TN
LVHW052053160826
845678LV00015B/3209

* 9 7 9 1 0 3 7 7 5 1 0 1 0 *